Los viajes de Babar

Este libro pertenece a

Edad _____

Puede consultar nuestro catálogo en www.edicionesobelisco.com
www.picarona.net

Los viajes de Babar
Texto e ilustraciones: *Jean de Brunhoff*

1.ª edición: octubre de 2018

Título original: *Le voyage de Babar*

Traducción: *Juli Peradejordi*
Maquetación: *TsEdi, Teleservicios Editoriales, S. L.*
Corrección: *M.ª Ángeles Olivera*

© 2018, Ediciones Obelisco, S. L.
(Reservados los derechos para la lengua española)

Edita: Picarona, sello infantil de Ediciones Obelisco, S. L.
Collita, 23-25. Pol. Ind. Molí de la Bastida
08191 Rubí - Barcelona - España
Tel. 93 309 85 25 - Fax 93 309 85 23
E-mail: picarona@picarona.net

ISBN: 978-84-9145-196-9
Depósito Legal: B-24.278-2018

Printed in Spain

Impreso en SAGRAFIC
Passatge Carsí, 6
08025 - Barcelona

Los viajes de Babar

Babar, el joven rey de los elefantes, y su esposa, la reina Celeste, se van de viaje de novios en un globo.

—¡Hasta la vista! ¡Hasta pronto! –gritan los elefantes.

Arturo, el primito de Babar, se despide con su gorra. El anciano Cornelius, que es el jefe de los elefantes cuando el rey se encuentra de viaje, piensa un poco inquieto: «¡Espero que no les pase nada!».

El país de los elefantes ya se encuentra
a mucha distancia. El globo se desliza
silenciosamente por el cielo. Babar y Celeste
disfrutan del paisaje. ¡Qué viaje más bonito!
¡Qué brisa más suave! ¡He aquí
el mar! ¡Ya estamos sobre la costa!

Pero de repente, empujados por
el fuerte viento, se ven sorprendidos
por una gran tempestad. El viento,
cada vez más violento, los empuja
mar adentro. Babar y Celeste están
temblando y se agarran con todas
sus fuerzas al extremo de la cesta.

El globo estaba a punto de caerse
al mar cuando, por suerte, cambia
el viento y lo conduce hasta una isla.
Allí cae y se deshincha totalmente.
Babar le pregunta a Celeste:

—¿Te has hecho daño?

—No –le responde.

—¡Fantástico, estamos salvados!

La tempestad se ha apaciguado y han
dejado el globo, destrozado, en la playa.
Babar y Celeste, cargados con sus mochilas,
buscan un lugar donde refugiarse.

Encuentran un sitio muy tranquilo y se
quitan la ropa, que está mojada. Celeste
la tiende en una cuerda para que se seque.

Mientras, Babar reúne un poco de leña
y prepara una hoguera para hacer la comida.

Babar y Celeste se instalan
cómodamente. Han acampado,
y después, sentados sobre unas piedras,
comen una sopa de arroz deliciosa,
aderezada con azúcar.

—¡No se está tan mal en esta isla!
–dice Babar.

Después de comer, mientras Babar
se va a explorar los alrededores,
Celeste se queda dormida como un tronco.
Entonces, los habitantes de la isla,
unos caníbales malvados y salvajes,
la encuentran. Se preguntan: «¿Qué animal
es éste? Nunca habíamos visto ninguno
parecido. Su carne ha de ser suculenta.
Nos acercaremos silenciosamente para
cazarlo ahora que está durmiendo».

Los caníbales han conseguido atar a Celeste
con la cuerda en la que estaba tendida
la ropa. Unos bailan alegremente mientras
que los demás se divierten con la ropa que
acaban de robar. Celeste suspira con tristeza,
convencida de que se la van a comer.
No se da cuenta de que Babar acaba de llegar
para salvarla.

En un abrir y cerrar de ojos, Babar
desata a Celeste y los dos se abalanzan
sobre los caníbales. Hieren a algunos
y los demás huyen despavoridos.

Sólo se quedan los más valientes,
que piensan, sorprendidos:
«¡Qué fuertes son estos animales
y qué dura es su piel!».

Después de haber expulsado a los caníbales,
Babar y Celeste descansan en la orilla
del mar. De repente, aparece delante de ellos
una ballena que sale a respirar aire puro
a la superficie. Babar se levanta y le grita:

—Buenos días, señora Ballena, soy Babar,
el rey de los elefantes, y ella es mi esposa,
Celeste. Hemos tenido un accidente de globo
y hemos caído sobre esta isla. ¿Nos podría
ayudar a salir de aquí?

—¡Encantada de conoceros!
–dice la ballena–. Será para mí
un placer ayudaros. Precisamente
iba a visitar a mi familia en el
Océano Glaciar Ártico. Os puedo
llevar adonde queráis. Subid a mi
espalda y agarraos fuerte para
no resbalar. ¿Estáis preparados?
Bueno, me pongo en marcha.

Un día más tarde, un poco fatigados, descansan sobre un arrecife. En ese momento, pasa un banco de peces.

—Voy a comer un poquito –dice la ballena–. Enseguida regreso. –Y se zambulle en el agua.

Pero la ballena se olvida de regresar.
Es una despistada.

—¡Estábamos mejor en la isla de
los caníbales! ¿Qué será de nosotros
ahora? –dice Celeste llorando.

Babar intenta consolarla.

Al cabo de muchas horas sobre el arrecife
sin nada que comer ni beber, finalmente
aparece un barco en la lejanía. Un barco
enorme. Un barco con tres chimeneas.
Babar y Celeste gritan lo más fuerte posible,
pero no los oyen. Hacen señales con sus
trompas y con sus patas. ¿Los verá alguien?

¡Los han visto! Un bote salvavidas
los viene a rescatar ante las miradas
atónitas de los pasajeros.

Una semana
más tarde,

el barco entra lentamente
en un gran puerto.

Todos los pasajeros bajan a tierra.
Babar y Celeste también querrían
bajar pero no pueden. Como perdieron
sus coronas durante la tempestad,
nadie se ha creído que fueran el rey
y la reina de los elefantes, y el capitán
del barco ha hecho que los encierren
en las bodegas.

—¡Nos obligan a dormir encima de la paja! –exclama Babar enfadado–. ¡Comemos paja como los burros! La puerta está cerrada con llave. Estoy harto, voy a romperlo todo.

—Cállate, por favor –le dice Celeste–. Oigo un ruido. Es el capitán que entra en la bodega. Portémonos bien para que nos deje salir.

—Éstos son mis elefantes –le dice
el capitán al célebre domador
Fernando, que lo acompaña–.
No puedo tenerlos en mi barco,
así que se los doy para su circo.

Fernando da las gracias al capitán
y se lleva a sus dos nuevos alumnos.
—Paciencia, Babar –le dice Celeste–.
No nos quedaremos en este circo.
Regresaremos a nuestro país y volveremos
a ver a Cornelius y al pequeño Arturo.

Precisamente en ese momento, en el país
de los elefantes, Arturo ha tenido una idea
muy poco afortunada. El rinoceronte Rataxes
estaba echando la siesta tranquilamente
y, sin despertarlo, le ha atado un petardo
en la cola. El petardo explota haciendo
un ruido terrible y Rataxes pega un brinco.
El gamberro de Arturo ríe a carcajadas
y por poco se ahoga. Es una broma pesada.

Rataxes está furioso. Cornelius,
muy preocupado, le dice:

—Amigo mío, lo siento, castigaremos
a Arturo con severidad. Te pide perdón.

—No me hables del pilluelo de Arturo.
Se ha burlado de mí y tendrá noticias mías.

«¿Qué hará? –se pregunta Cornelius–.
No estoy tranquilo, es bastante malo.
¡Ojalá estuviera aquí Babar!».

Pero Babar está ahora
en el circo de Fernando

y toca la trompeta
mientras Celeste baila.

Pero un día el circo llega a la ciudad en
la que, cuando Babar era pequeño, conoció
a la ancianita. Por la noche, mientras Fernando
duerme, Babar se escapa con Celeste para ir
a buscarla, pues no la ha olvidado.

Babar localiza la casa con facilidad. Llama
al timbre y despierta a la ancianita, que se
pone su bata, sale al balcón y pregunta:

—¿Quién es?

—Somos nosotros, Babar y Celeste.

La ancianita está muy feliz. Llegó a creer que
nunca más los volvería a ver. Babar y Celeste
también están muy contentos. Ya no volverán
al circo y pronto podrán abrazar a Arturo
y a Cornelius. La ancianita se lo promete.

La ancianita le ha dado un camisón a Celeste
y un pijama a Babar. Acaban de despertarse
después de un sueño profundo. Desayunan
en la cama, pues aún están cansados tras
sus aventuras.

En el circo ya se han dado cuenta
de la desaparición de Babar y Celeste.

—¡Al ladrón! ¡Me han robado mis elefantes!
–grita desolado Fernando.

—¿Pequeñines, dónde os escondéis? –repiten
los payasos buscándolos por todas partes.

Pero no atraparán a Babar y Celeste.

Van en automóvil hacia la estación del tren con la ancianita. Quieren descansar algunos días antes de regresar al país de los elefantes, así que los tres se van a la montaña a respirar aire sano y practicar un poco de esquí.

Babar y Celeste han recogido sus esquís
y se despiden de las montañas. Van a
tomar un avión para volver a su casa.
Los acompañará la ancianita, pues Babar
la ha invitado. Le quiere enseñar su bello
país y el gran bosque donde cantan
los pajaritos.

Ya han llegado. El avión se ha ido. Babar y
Celeste se han quedado mudos. ¿Dónde están
Cornelius, Arturo y los demás elefantes?
¿Todo lo que queda del gran bosque son
sólo algunos árboles rotos? Ya no hay flores
ni pájaros. Babar y Celeste están tristes
y se ponen a llorar al ver su país arrasado.
La ancianita comprende que estén tristes.

—¿Qué ha ocurrido? –pregunta Babar,
que por fin ha encontrado a los elefantes.

—Los rinocerontes nos han declarado
la guerra. Han venido con Rataxes porque
querían capturar a Arturo para hacerle
picadillo. Lo hemos defendido valientemente,
pero los rinocerontes nos han vencido.
No sabemos qué hacer.

—¡Es una triste noticia! –dice Babar–,
pero no nos desanimemos.

La guerra es muy peligrosa. Hay muchos elefantes heridos. Celeste y la ancianita los curan con gran devoción. La ancianita está acostumbrada a curar, pues antes había sido enfermera. Babar se ha ido junto con Cornelius y algunos elefantes más para unirse al ejército de los elefantes.

Se prepara una gran batalla.

Aquí está el campamento de los rinocerontes.
Los soldados esperan órdenes y piensan:
«Volveremos a vencer a los elefantes,
y cuando acabe la guerra, podremos regresar
a casa». Rataxes, que es muy rencoroso,
le dice riendo a su amigo el general Pamir:

—¡Ja, ja, ja! Pronto estiraremos de las orejas
a ese joven rey Babar y castigaremos
al pilluelo de Arturo.

He aquí el campamento de los
elefantes. Vuelven a estar animados.
Babar ha tenido una idea muy
buena: disfrazar a sus soldados más
grandes, pintarles la cola de rojo
y, cerca de la cola, dibujarles dos ojos
terroríficos. Arturo está haciendo
unas pelucas. Trabaja muchísimo
para que le perdonen su gamberrada.

El día de la batalla, los elefantes
salen de su escondite. La estratagema
de Babar tiene éxito.

Los rinocerontes los confunden con
monstruos y se asustan tanto que huyen
en tropel. El rey Babar es un gran general.

Los rinocerontes aún corren y ya están muy
lejos. Los elefantes han apresado a Pamir
y a Rataxes, que, avergonzados, bajan la cabeza.
¡Qué magnífico día para los elefantes! Todos
gritan: «¡Bravo, Babar, bravo! ¡Victoria, victoria!
¡La guerra ha acabado! ¡Qué felicidad!».

Al día siguiente, delante de todos los elefantes,
Babar y Celeste visten con sus ropajes reales
y se ponen coronas nuevas. Recompensan
a la ancianita, que tan buena ha sido con ellos
y con los heridos. Le regalan pájaros cantores y
un monito precioso.

Después de la fiesta, Babar, Celeste
y la ancianita están charlando.

—¿Qué haremos ahora?

—Intentaré ser un buen rey
–responde Babar–, y si te quieres
quedar con nosotros, me ayudarás
a hacer felices a mis elefantes.

¿Verdadero o falso?

Ahora que has leído el cuento,
¿puedes contestar a estas preguntas
correctamente?

1. Babar y Celeste se van de viaje de novios.
   ¿Verdadero o falso?

2. El globo en el que viajaban Babar
   y Celeste explotó en el aire.
   ¿Verdadero o falso?

3. El capitán del barco de tres chimeneas
se queda con Babar y Celeste y los lleva a su casa.
   ¿Verdadero o falso?

4. La ancianita acoge cariñosamente
   a Babar y Celeste en su casa.
   ¿Verdadero o falso?

5. Babar salva a los elefantes de
   la guerra con los rinocerontes.
   ¿Verdadero o falso?